VIRTUAL LOVE

AMÉLIE C. ASTIER

VIRTUAL LOVE

AMÉLIE C. ASTIER

Nouvelle M/M

VIRTUAL LOVE

ISBN : 9781092361255
Première édition : 2017 lors du recueil DES MOTS ET DES HOMMES.
Seconde édition : 2019

Imprimé par AMAZON KDP

NOTE

D'AUTEURE

Cette nouvelle a été édité une
première fois dans le recueil DES
MOTS ET DES HOMMES au profit de
l'association LE REFUGE en 2017.
Ayant récupéré mes droits, j'ai
décidé de vous proposer
gratuitement cette histoire au format
numérique.
Bonne lecture à vous.
A très vite,
Amélie

PARTIE 1

Le stress m'envahit de plus en plus alors que le moment approche. Pourquoi je suis aussi tendu ? Je ne m'apprête pas à passer le bac, mais c'est tout comme. Je passe un peu l'examen de contrôle d'une probable histoire avec un gars, que j'apprécie un peu plus que ça.

« *Seulement un peu plus ? Je crois que c'est vraiment beaucoup* », *Matt,* me raconte une petite voix dans mon esprit.

Et elle n'a pas tort. J'ai changé trois fois de tee-shirt, et vérifié que mes cheveux bruns ne se liguaient pas contre moi avant de partir de la maison.

Ma mère s'est moquée de moi en me déposant devant le cinéma. Elle n'a pas cessé de sourire et de me regarder comme seule une mère peut le faire avec son petit. Je lui ai dit que j'avais rendez-vous avec un copain, pas avec mon petit copain. Qu'est-ce que les parents peuvent être lourds ! J'étais plus embarrassé qu'autre chose dans la voiture devant ses questions gentilles : *il arrive à quelle heure ? Vous allez voir quoi ? Il veut venir manger à la maison après ?*

J'aurais dû prendre le bus, mieux, j'aurais dû réussir mon permis, à dix-huit ans, on est censé avoir son permis normalement.

J'inspire longuement, j'aurais bien eu besoin d'une cigarette histoire de me détendre, mais Scott n'aime pas l'odeur du tabac. Il me l'a dit un jour, comme ça, au cours d'une conversation et j'ai retenu l'information.

Alors pas de clopes pour Matt.

Je regarde autour de moi, toujours personne à l'horizon. Le film commence dans dix minutes. Je dois avoir quinze de tension tellement le stress me noue l'estomac. Scott m'a rappelé qu'il était toujours en retard. Ce qui n'est jamais mon cas, mais comme il le dit « ça fait partie de son charme ».

Je suis plus à l'aise derrière mon écran. C'est plus simple, pas de contact, pas de regards, pas de stress… mais c'est beaucoup moins réel.

Je range les deux places de cinéma dans la poche arrière de mon jean, et choppe mon dernier iPhone. Je me connecte sur

Facebook et actualise mon fil d'actualités, histoire de me détendre un instant en me souciant de la vie des autres.

Je remarque que ma sœur vient de publier une photo d'elle en train de déjeuner, avec cinquante Hashtags. Hashtag je mange, Hashtag je suis au régime, Hashtag je fais la belle, Hashtag je dévore trois feuilles de salade et un beignet au chocolat que je ne montrerai pas, Hashtag je montre ma dernière manucure aux types qui veulent me pécho sur mon Facebook.

Je ris en cliquant sur le bouton HAHA, nouvelle facette du réseau social. Un « je m'en fous de ta life » aurait été extra, mais le créateur de l'application a sans doute craint une augmentation de faits divers de violences en rapport avec un like négatif. Bordel ce qu'on aurait pu rire. Ma sœur aurait sans doute détenu le record.

Ma meilleure amie Judith a partagé une vidéo d'un mec qui parle des droits des femmes. Tim a partagé ma dernière photo en se faisant passer pour le photographe. À part manger des pop-corn quand je dessine, il ne fait pas grand-chose. Mais ce mec est marrant.

D'autres potes Geeks ont partagé des selfies d'eux dans l'une des salles de cinéma il y a une heure, en m'identifiant pour « voir ce que je rate ». Les gars, moi aussi je vais le voir ce film… pas avec vous.

Je coupe Facebook et passe sur Instagram pour regarder mes notifications. Je fais du dessin, de la sculpture peinture, et je poste mes « œuvres » sur le net sous un pseudo. Il m'arrive de taguer aussi des murs, ce qui a tendance à rendre fous mes parents. C'est de l'art. OK, ce n'est pas très légal, mais l'art ne se contrôle pas.

« Va dire ça aux prochains flics qui t'arrêteront une bombe de peinture en main. »

Je remarque que ma dernière vidéo en train de dessiner a atteint les mille j'aime. Je ne cache pas ma fierté, j'aime faire ça, partager ma passion avec des inconnus. Le net est l'endroit idéal pour se créer un monde, une vie… et rencontrer des gens.

J'éteins Instagram après avoir aimé deux-trois photos d'artistes. Je sors mes écouteurs et les fourre dans mes oreilles. Le dernier son Avincii résonne, la musique détend, il paraît.

Mon regard zieute les environs, je le cherche avec appréhension, je suis partagé entre l'excitation de le voir enfin, et la peur. Est-ce que ce sera comme sur nos conversations ? Est-ce que Scott aura toujours ce même humour ? Est-ce qu'en vrai, il est aussi canon qu'en photo ? Comment on est censé saluer un type qu'on n'a jamais rencontré ?

Je fourre mes mains dans mes poches, soudain, je me sens moins confiant que lorsque j'ai proposé à Scott de me rejoindre pour découvrir Star Wars 7 sur grand écran. J'aurais mieux fait de fermer ma gueule ce jour-là.

Mais j'en avais envie, terriblement envie de le rencontrer après avoir passé plus d'un an à discuter avec lui de tout et n'importe quoi. Du matin jusqu'à tard dans la nuit.

Il fait partie de mon quotidien, aussi fou que ce soit. Mes parents ne comprennent pas trop comment on peut s'attacher à quelqu'un qu'on n'a jamais rencontré, pourtant, c'est un fait. Je connais Scott, et il me connaît. Derrière un écran, la timidité disparaît. On ose beaucoup plus, on parle beaucoup plus, on se confie plus facilement aussi. Le fait de ne pas voir l'autre, de ne pas assister à ses réactions en direct est d'une certaine façon rassurante.

Quand j'ai dit à Scott que j'aimais les mecs il y a quelques mois, j'avais peur de sa réponse. Normal, à dix-huit ans, faire son coming-out auprès de gens auquel on tient, c'est une étape compliquée. J'ai eu la chance d'avoir des parents ouverts d'esprit, des amis plutôt sympa qui pensent que ça fait partie du côté « artiste » d'aimer tout le monde. Même les garçons.

Avec son humour, Scott m'a répondu un « moi aussi, et même les filles ! ».

Au départ, je pensais qu'il plaisantait. Scott plaisante tout le temps. Il a un humour assez particulier. Parfois, on a du mal à savoir s'il est sérieux ou pas. À force de le connaître, on apprend à décrypter le langage de l'autre. À deviner l'humour de la sincérité, le sérieux des conneries, le mensonge d'un CA VA à la vérité d'un OUI TOUT VA BIEN.

Ce fut la seule fois où j'ai dû lui demander davantage de précision. Quand il m'a rétorqué « banane, j'en ai rien à foutre si t'aimes les mecs, j'aime les deux, ça te pose un problème ? », j'ai su alors, qu'on deviendrait plus que de simples amis.

Je sors de mes pensées en sentant mon portable vibrer dans mes mains. Je le déverrouille et ouvre la messagerie, en espérant que Scott ne m'a pas fait faux bond.

Mon cœur s'emballe comme un idiot en voyant son nom s'afficher :

SCOTT :
Terrible constat de ce début d'après-midi : je ne savais pas que c'était les vacances ! Les gens ne bossent donc jamais ?

Je souris, ça va veut dire qu'il ne trouve pas de places pour se garer. Car lui, à dix-huit ans, il a déjà le permis, ce chanceux.

J'ai rencontré Scott sur ma page Facebook consacrée au dessin. Un jour il m'a contacté en message privé en me disant : « *tu dessines bien, c'est pas mal, mais par contre, t'as un sérieux problème avec les mains mec ! Tes doigts, on dirait des knackis* ».

Autant dire que ça a tout de suite collé entre nous. J'aurais pu l'envoyer bouler, mais je ne l'ai pas fait. On a commencé à discuter dessin, peinture, création. Scott est un touche à tout, il a tout tenté. Le dessin, la musique, le sport, les langues, les échecs et même le théâtre. Je suis étonné que sa carrière de comique se soit arrêtée si vite, parce qu'avec son humour à deux balles, il aurait pu remplir des zéniths.

Au fil des semaines, on s'est ajouté sur Facebook sur nos comptes perso, puis Instagram, où il a continué de critiquer mes doigts et mes ombres. Puis Snapchat, où là, notre relation est passée de simple connaissance à copains… puis amis.

Les sujets de conversation ont varié, on est passé de simples discussions sur tout et n'importe quoi au perso. J'ai appris que Scott habitait dans la même ville que moi, qu'il était en série technologique, alors que je m'apprête à passer un bac d'art appliqué dans le but de devenir graphiste pour les dessins animés 3 D. Suite à son simple message, on en a échangé des centaines tous les jours, du réveil jusqu'au soir. C'est une drogue de lui parler, de savoir comment il va.

Ma drogue.

Mon portable vibre de nouveau, c'est un autre message de lui.

SCOTT:

*Tu m'expliques quel QI de génie il faut avoir pour donner rendez-vous à un mec, dans un hall d'entrée de cinéma, le jour de la sortie d'un Star Wars ? ^^*

Mon cœur s'emballe lorsque je comprends qu'il est là… enfin. Je lève les yeux de mon écran pour scruter les environs. C'est vrai qu'il y a foule. La prochaine séance à 13 heures attire du monde et c'est une foule qui m'entoure à présent.

J'ai déjà vu des photos de Scott, et lui aussi. Surtout sur Snapchat. Il a une tête adorable avec l'option chien.

J'ai même vu plus que ça. Un soir, y'a quoi… trois semaines peut-être, il était tard, et on a commencé à s'envoyer plus que nos tronches avec des smileys. C'est devenu chaud. Des clichés de quelques secondes, laissant peu de place à l'imagination. Je n'avais jamais fait ça auparavant, mais avec Scott, il y a des tas de trucs que j'ai osé faire. Et bordel, c'était aussi excitant que chaud.

Alors pourquoi je stresse de le voir quand je sais que ce même gars m'a déjà vu en sosie d'Adam ?

Perdu dans mes pensées, je n'ai pas eu le temps de lui répondre, que Scott revient à la charge.

SCOTT:

Matt, tu te rends compte qu'il y a au moins cinquante types avec un tee-shirt Yoda dans ce cinéma ? Tu aurais pu prendre Jabba le Hutt, au moins, je t'aurais repéré tout de suite ! MDR !

Je ris. Dit le mec qui m'a envoyé un Snap de son tee-shirt « REJOINS-NOUS DU CÔTÉ OBSCUR, ON A DES COOKIES ». C'est sans doute le pull le plus vendu après celui possédant le logo de la saga.

MATT :

Oui, mais c'est moi le plus beau. Cherche bien ;)

Il me répond dans la foulée. Mon cœur bat de plus en plus vite, j'ai l'impression qu'il est de plus en plus près.

SCOTT :

Ce qui réduit mes recherches à vingt types avec un tee-shirt de Yoda. ;)

MATT :

Connard.

SCOTT :

Ton langage, jeune padawan ! :P

MATT :

On respecte son maître normalement ! ;)

SCOTT :

***voix grave* : quand on n'a pas son permis, on ne peut être le maître de personne. :P**

J'éclate de rire face à sa dernière réplique. Bien joué, c'était un coup de maître, comme seul lui peut le faire.

Je réfléchis à une réponse adéquate en rapport avec son éternel retard quand je sens une violente claque sur mes fesses.

– Bouh ! lance une voix assez forte pour que je l'entende.

Je me retourne d'un bond, mes écouteurs tombent de mes oreilles, le brouhaha autour de moi me surprend. Mais surtout, c'est le grand brun face à moi qui me laisse sans voix.

« Scott est là »

Il a son tee-shirt Dark Vador qui tend un cookie. Ses yeux verts sont encadrés de lunette de vue. Il me sourit, visiblement content de son petit effet. Le gars affiche toujours cette expression amusée qui fait sourire les gens qui l'entourent, d'après lui. Il fait au moins dix centimètres de plus que moi, et dégage un air super cool avec ses converses et son jean taille basse.

Scott joue avec ses clés de voiture en m'observant de la tête aux pieds.

« Relax Matt »

– J'ai failli pas te reconnaître, tu dégages une telle aura, mec, s'amuse-t-il avec sa voix légèrement cassée.

Cette voix.

Je reste idiot devant lui à sourire. Il est là. Ça fait un an qu'on discute tous les jours, qu'on se vanne sur Facebook, et Instagram. Qu'on s'envoie des photos hots sur Snapchat et qu'on passe des nuits sur Skype à refaire le monde, et il est là.

C'est presque irréaliste. La joie s'empare de moi, mêlée à l'excitation et à la peur que ça gâche tout. De mon côté, je le trouve aussi impressionnant et… attirant que sur le net. Pas de mauvaise surprise comme l'avait prédit Judith.

Scott est bien celui qui se dévoile chaque jour.

– Salut, je lance, un peu gêné.

Scott m'offre un regard complice rempli de malice. Je crois que ma timidité l'amuse.

– Salut seulement ? Putain, Matt, c'est moi !

Il m'envoie un coup dans l'épaule pour me détendre, un rire léger nous échappe. Puis, il me surprend en venant embrasser ma joue. Je frissonne, bordel, j'ai l'impression d'être un con en sa présence.

Où est passé le gars qui n'a pas hésité à l'appeler une nuit pour faire autre chose que s'envoyer quelques photos sur Snapchat ?

« Il a pris ses jambes à son cou et s'est tiré fissa, très loin. »

« Courage fuyons Matt, Scott ne va pas te bouffer »

– Je présume que t'es plus bavard dans le noir, hum ? chuchote-t-il à mon oreille.

Ça y est, l'artiste doit être aussi rouge que les sièges du cinéma.

Je croise son regard rempli de sous-entendu. Un jour, on a discuté des endroits les plus marrants où deux personnes pouvaient se permettre « plus ». Le cinéma était dans notre top dix. Pourtant, en lui proposant de m'accompagner découvrir le nouveau volet de l'univers Star Wars, je ne pensais pas à « plus ».

« Ne te dégonfle pas »

– Sans doute, je souffle d'une voix tendue.

Scott inspire en acquiesçant. Sa main se pose sur mon tee-shirt Yoda, je m'apprête à l'entendre me vanner quand il se contente juste de dire :

– Allez on y va avant que toutes les meilleures places partent.

Un rire m'échappe de nouveau.

– Je crois que ça va être compliqué, gars, d'avoir une place correcte.

« Quand on est pire qu'en retard, faut pas s'attendre à des miracles »

Scott se met à rire en me lançant un clin d'œil. Il range ses clés, et passe un bras autour de mes épaules.

Cette soudaine proximité me fait monter le rouge aux joues. Je suis un gars discret d'ordinaire, quand Scott ne l'est pas. Je suis déjà sorti avec des mecs, j'ai même couché avec eux, mais jamais j'ai montré quoi que ce soit en public. Ce qui n'est pas le cas de Scott. Depuis que notre relation a évolué, passée d'amis à potentiel petit ami, il m'a tout de suite avoué qu'il assumait tout ce qu'il faisait et qu'il n'avait honte de rien. Jamais.

La théorie se confirme alors qu'on rejoint la file pour faire valider nos tickets.

« *Relax Matt* »

– De toute façon, qui vient au ciné pour mater un film lors de son premier rencard ? lance Scott en m'offrant un nouveau clin d'œil.

Je pique un fard face à cette réflexion. Scott est encore pire en vrai. Il ne s'arrête jamais. Et ça me plaît... même si ça me désarme un peu.

« *C'est donc un rencard. Pas de pression Matt. Pas de pression* »

Bordel si !

PARTIE II

Le film est déjà bien avancé quand Scott tente une approche. Le cinéma est plein, et comme il est arrivé en retard, nous nous retrouvons tout en bas, sur le côté gauche de l'immense salle. Il y a même un siège de vide à côté de lui. Le film est sympa, mais je n'arrive pas à être totalement dedans étant donné l'énergumène assis à mes côtés.

Scott pioche dans mon pop-corn depuis un bon moment et à chaque fois, sa main effleure mon genou avant de plonger dans le pot. Je sais qu'il le fait exprès. Ça me rend nerveux, mais ça me plaît. Ça fait très longtemps que je n'ai pas joué au jeu du chat et de la souris avec un mec. Surtout dans une salle de cinéma pleine à craquer. En fait, jamais dans une salle de cinéma.

C'est une grande première. Comme me faire tripoter dans la file d'attente. J'ai cru mourir de honte devant l'ouvreur quand Scott m'a lancé une vanne comme quoi il faisait chaud.

« Connard »

Lorsque sa main reste sur ma cuisse, je suis tendu comme un arc. Je sens les battements de mon cœur aller plus vite, et une chaleur familière m'envahir.

Ma meilleure amie m'a toujours dit que notre petit jeu sur internet c'était comme des préliminaires au sexe.

Elle a connu ça avec un type y'a un an. Elle m'a raconté que lorsqu'ils se sont vus, après des semaines et des semaines à discuter sur Facebook, elle avait été affublée d'un désir fou. Comme si ces plusieurs mois d'attente, à ne pas se voir, à fantasmer sur l'autre avaient alimenté un feu.

Aujourd'hui je peux le confirmer : il fait aussi chaud que sur la planète Mustafar.

Je reste figé, les yeux rivés sur l'écran alors que sa main demeure sur mon genou. J'hésite. D'habitude, je tombe sur des gars aussi discrets que moi en public. Alors avec Scott, je suis censé faire quoi ?

« Te détendre, mon gars ! »

Quand je m'apprête à venir enlacer nos mains, mon portable vibre dans ma poche. Je jure, qui est assez con pour m'envoyer un SMS alors que Scott m'a fait mettre sur

Facebook qu'on « rejoignait le côté obscur, car il avait amené des cookies ». Cookies qu'il a évidemment oublié, comme sa montre.

Je sors discrètement mon téléphone et découvre que le message vient de la bulle messenger de Scott.

SCOTT :

Tu crois que Po et Finn vont conclure avant le générique ?

MATT :

Depuis quand on joue avec son téléphone dans une salle noire ?

Il me répond dans la seconde.

SCOTT :

Depuis que le voisin est plus intéressant ;)

Zen, Matt reste zen, cool. Tu ne montres pas que ce qu'il te dit te fait l'effet d'une bombe dans le caleçon.

MATT :

Oserais-tu dénigrer Stars Wars ? WTF qu'est-ce que je fous avec toi ? :P

SCOTT :

Hé ! Pour ça, il aurait fallu que je regarde le film depuis le début. Tu me suis ? ;)

Je me tourne vers lui. Scott me lance un clin d'œil dans le noir. Son visage est à peine éclairé par l'écran qui diffuse les images d'une course poursuite dans l'espace.

D'accord, on va la jouer discussion en plein cinéma.

MATT:

Et tu étais occupé par quoi ?

SCOTT:

À ton avis ?

MATT:

Le cul de Han Solo ?

Un rire le gagne à côté de moi. Scott me répond d'une main, tandis que l'autre dévie de plus en plus haut vers mon entrejambe qui fait déjà des siennes.

Bingo, je pourrai rajouter sur ma liste des moments les plus gênants : bander devant Chewbacca à cause d'un beau-gosse assis à mes côtés.

SCOTT:

Il est trop vieux maintenant.

MATT:

Ton fantasme ultime s'effondre.

SCOTT:

Erreur, j'ai toujours eu un faible pour les petits jedis :P (Si tu vois ce que je veux dire) #HumourPourri.

Je ris doucement pour ne pas déranger nos voisins. Mais bordel, que c'est dur. Sans mauvais jeu de mots.

MATT :

Je crois que cette vanne est la pire que tu ne m'aies jamais faite !

SCOTT :

Je crois aussi ! :D

Scott se penche vers moi, son siège grince. C'est presque étonnant que personne ne nous ait dit quelque chose par rapport aux téléphones. Les vieux peuvent être tellement chiants avec ça. Même quand l'écran est en basse luminosité.

Je frissonne lorsque je sens son souffle à mon oreille. Scott me chuchote d'une voix rauque :

– Matt quand est-ce que tu vas te décider à me tripoter ? Ce n'est pas pour rien qu'on est dans un coin de la salle.

Je tourne ma tête vers lui. Nos visages sont de plus en plus proches l'un de l'autre. Je n'aurais qu'à me pencher pour l'embrasser.

« Ouais, juste à me pencher. »

– C'est parce que tu es arrivé en retard, je réponds.

– C'était purement calculé…

On se rapproche, lentement, ma respiration se fait plus forte. J'ai envie de l'embrasser ici, au milieu de tous ces gens qui ne nous prêtent pas attention. J'ai envie de savoir ce que ça fait de sentir ses lèvres mordiller les miennes, son souffle sur mon visage, et la chaleur de son corps collé contre le mien.

Quelques centimètres à peine et je saurai. Juste quelques et mon cœur cessera sans doute de marteler dans ma poitrine telle un tambour incessant.

Et c'est à ce moment-là que l'univers décide de se liguer contre moi. Je fais tomber mon paquet de pop-corn par terre, et fous le pied dedans en plus.

Bordel !

Avec Scott on s'écarte pour se rendre compte de l'étendue des dégâts. Maintenant on va renforcer l'idée que les jeunes sont des gros porcs.

On se met à rire en tombant à quatre pattes pour ramasser les pop-corn au sol. Je suis le roi des boulets.

Mais très vite, on abandonne l'idée, on ne voit rien et les gens autour de nous commencent à râler. Sagement on se rassoit, les lèvres serrées pour ne pas avoir à s'esclaffer.

On essaie de reprendre le cours du film, mais c'est très dur lorsque la main de Scott revient à la charge. Mon portable vibre peu de temps après.

SCOTT :

Hé Matt, tu fais quoi après le cinéma ?

MATT :

C'est une proposition ?

SCOTT :

Peut-être. ;) J'ai des idées jusqu'à 69, et d'autres qui n'ont ni tête ni queue. J'ai le permis ne l'oublie pas. Je te ramènerais sagement chez toi après… (PS : mes parents ne sont pas là !)

Je me mords la lèvre pour ne pas rire face à cette vanne encore plus terrible que la précédente. Décidément, je ne sais pas si c'est le stress qui ne lui impose pas de filtre, mais j'adore ça.

MATT :

Pour aller où ?

SCOTT :

On va monter dans mon vaisseau spatial direction…

MATT :

Direction ?

SCOTT :

Viens et tu verras. :P

MATT :

Ton smiley langué prévoit quoi au juste ? Un petit sous-entendu caché ?

SCOTT :

Heureusement que je n'ai pas mis un pouce, imagine ce que t'aurais pensé avec un doigt !

MATT :

Je t'aurais répondu avec celui de la bouche ;)

SCOTT :

Waouh, Matt, je te retrouve là ! C'est une proposition ?

MATT :

Faut que je vienne chez toi, et nous verrons.

Je range mon portable dans ma poche pour calmer cette conversation qui va dériver de plus en plus loin. Je bande déjà comme un âne, on ne va pas rajouter à ma liste la crise d'arythmie en imaginant le brun en action.

Restons concentré sur le vilain à l'écran.

Mais ma concentration ne perdure pas lorsque Scott recommence avec sa main. Elle n'est qu'à quelques centimètres de ma braguette, et ça va devenir tendu.

Je m'approche de lui, ma main se pose également très haut sur sa cuisse. Je prends mon courage à deux mains, faut que je me lance. Que le Matt qui ose à l'écran ose aussi avec lui dans la vraie vie.

– Scott… je murmure à son oreille.

Il se tourne vers moi, sa tête vient se poser contre la mienne. Merde, ce mec me rend fou. Mon cœur bat aussi vite que lorsque j'ai compris que j'en étais tombé amoureux. Un soir comme ça, alors qu'on discutait de tout et de rien.

J'aime ce gars que je viens à peine de rencontrer, mais que je connais depuis, il me semble, une éternité.

– Matt, viens chez moi après, me demande-t-il avec sérieux.

J'acquiesce sans même avoir besoin de réfléchir. Son bras passe autour de mes épaules, il m'attire contre lui en récupérant le paquet de pop-corn vide où traine deux-trois survivants du crash.

PARTIE III

Je suis encore sous le choc de la fin du film. Bordel, ils ont osé faire ça ? Je n'en crois pas mes yeux. Je crois que je ne réalise pas encore. Comment… je ne sais pas.

Scott se fout de ma gueule depuis que nous sommes sortis de la salle. Il ne cesse de me dire que c'était prévisible, que c'est dans l'ordre des choses, une ligne dans la check-list pour devenir un bon vilain.

Mais quand même !

Maintenant, on se retrouve comme deux idiots dans le hall du cinéma. Je lui ai dit que je venais chez lui, mais Scott semble hésitant. Est-ce qu'il regrette ? Est-ce que le chat a rattrapé la souris et l'a bouffée en se disant qu'elle n'était pas si bonne que ça finalement ?

Je n'ai pas envie qu'on s'en aille chacun de notre côté. Même si on a terminé le film sagement, sans ressortir nos portables pour chauffer l'autre et le faire rire, même s'il n'y a pas eu d'autres tentatives de tripotage en dessous de la ceinture, j'ai envie de plus. Loin d'ici et de cette foule.

Scott sort ses clés de voiture de sa poche et les fait tournoyer autour de son doigt en hésitant.

– Hé bien…

Un élan de panique me gagne.

« Saisis ta chance Matt montre lui que tu n'es pas timide comme dans le cinéma, montre-lui que t'as envie d'être avec lui une heure ou deux de plus, et pas caché derrière un pc ou un téléphone. »

Je sens que je m'apprête à faire une connerie, quand je stresse, quand je suis aussi nerveux que maintenant, mes pensées déconnent un max.

– Attend Scott, j'ai un truc à te dire avant.

Scott me lance un regard intrigué. Il range ses clés de voiture, en s'approchant de moi.

– Je t'écoute, Matt, lance-t-il d'une voix amusée.

Je le dévisage, mes mains deviennent moites, mon cœur tambourine. Scott me regarde en souriant, bordel, il ne se rend pas compte de l'effet qu'il dégage chez les autres avec ses cheveux en pétard, ses lunettes noires qui encadrent son visage et lui donnent un côté un peu intello dans ses fringues de rebelles.

Ma langue se délie l'instant d'après.

– Je… suis pas très grand quand toi tu l'es. T'as des lunettes quand moi je ne porte que des casquettes affreuses…

Scott passe une main dans mes cheveux bruns qu'il secoue. Mon cœur bat vite. Toujours plus vite et un étrange sentiment noue mon estomac.

– Effectivement, je tiens à dire que j'ai apprécié le fait que tu n'en mettes pas.

Scott reprend sa position, face à moi, à me regarder me dépêtrer avec mes pensées. Je crois que ça doit l'amuser… ou bien il doit trouver ça adorable un type capable de faire beaucoup derrière un pc, mais qui rougit comme une fille en vrai.

– Je… ne parle pas beaucoup en réalité, quand toi, tu parles beaucoup trop. J'aime les blockbusters américains, quand tu préfères les films d'horreur. Tu es toujours en retard, quand je suis toujours en avance. Tu aimes le RAP, quand je déteste ça. Tu n'aimes pas les plats chinois, quand j'arrive à bouffer des nouilles trois fois par semaine et tu vois… malgré nos différents, je crois que je suis…

Je me tais un instant, mon regard dérive autour de nous. Les gens vont et viennent sans nous prêter attention. Pour eux leur vie est comme d'habitude, alors que dans la mienne, je m'apprête à balancer une bombe.

Je romps le dernier pas qui nous sépare avec Scott, ma main saisit la sienne, et je déclare d'une voix hésitante :

– Je sais que c'est fou, je sais que c'est la première fois qu'on se voit… mais tu vois, après un an à te parler, après tout ce qu'il s'est passé. Je te connais, je sais qui tu es, et aujourd'hui, tu me l'as encore confirmé. Quand je suis avec toi, ici ou derrière un téléphone, je suis bien, je suis heureux, et…

J'inspire un bon coup, ma voix tremble et dans ma poitrine, c'est la guerre des clones. Mon regard se plonge dans le sien vert, Scott attend, je sens qu'il est aussi impatient qu'intrigué de savoir ce que je vais lui dire.

« Dis-lui »

– Je crois que je suis amoureux de toi Scott, je lâche bêtement, et ça, depuis un petit moment déjà. Alors si ce n'est qu'un jeu pour toi, dis-le-moi maintenant avant qu'on aille plus loin.

Voilà, c'est dit. J'ai lâché la bombe. Maintenant, je dois attendre une réaction.

Scott me scrute avec attention, un sourire angélique et charmeur se dessine sur son visage lorsqu'il glisse un bras autour de ma taille. Il me plaque contre lui, je ne cache pas ma surprise.

– Hé bien, pour ma part, je crois que ça fait plus qu'un petit moment.

Je me fige face à cette révélation. Est-ce que j'ai bien compris ?

Son visage se rapproche du mien. La tension envahit mon corps, et l'atmosphère autour de nous devient plus tendue.

– C'est vrai ? je demande comme un con.

Scott se laisse aller à un rire. Sa main sur ma hanche me plaque un peu plus. Il rapproche sa bouche de la mienne en déclarant :

– Aussi vrai que ma proposition de 69 sans queue ni tête… alors Matt, cap ou pas cap de me faire confiance ?

– Cap, je souffle.

Et il le fait. Sans se soucier d'où nous sommes, sans se soucier des gens qui passent à côté de nous. Sa bouche s'écrase sur la mienne. La tension explose. Ses lèvres sont douces et indisciplinées. Elles me cherchent, me taquinent et osent. Je réponds à son baiser avec la même ferveur. Ma main vient se glisser dans ses cheveux, je me presse contre lui, sur la pointe des pieds pour être à sa hauteur. Lorsque sa langue entre en contact avec la mienne, je frissonne, mon cœur s'emballe, ma respiration devient saccadée. Scott mordille ma lèvre, y laisse traîner sa langue avant d'approfondir le baiser.

Ça dure je ne sais combien de temps, lui et moi, ici en plein milieu du hall de cinéma, comme un baiser de cinéma. Je sens que cette proximité ne le laisse pas indifférent et trop vite à mon goût, Scott finit par s'écarter.

– Waouh, Matt, on fera plus qu'un 69 sans queue ni tête, murmure-t-il contre mes lèvres.

Je prie silencieusement pour que rien ne soit visible plus au sud. Sinon, je risquerais d'être plus que mal à l'aise. Mais je le rejoins, c'était… vraiment bon de savoir enfin ce que ça fait, de l'embrasser.

– Tant que c'est avec toi, tout me va, je réponds en rougissant.

Scott me sourit, il glisse un bras autour de mes épaules en me traînant vers les parkings souterrains. En chemin il ne cesse de me charrier sur mon adorable révélation. Je sais que derrière son humour, se cache toujours la sincérité. C'est sa façon d'être, et c'est grâce à ça que j'en suis tombé amoureux.

Aujourd'hui, je pourrais confirmer à ma mère que même une relation virtuelle peut amener à un coup de cœur bien réel.

FIN

L'AUTEURE, AMÉLIE C. ASTIER :

Blog :
https://www.ameliecastieretmaryma
tthews.com/

Page Facebook :
Amélie C. Astier & Mary Matthews

Groupe Facebook :
Amheliie & The Readers

Instagram :
https://www.instagram.com/amheliie/

Gmail :
ameliecastier.marymatthews@gmail.com
amheliie@gmail.com

Boutique en ligne :
https://www.ameliecastieretmarymatthe
ws.com/shop

Printed in Great Britain
by Amazon